*Collection dirigée par Glenn Tavennec*

L'AUTRICE

Née en 2001, **Léa Jeunesse** a toujours été passionnée de lecture. *Tu as oublié mon cœur en partant* est une compilation augmentée et illustrée de ses deux best-sellers parus en auto-édition *Les mots m'ont sauvée* et *1, 2, 3… soleil.*

**Retrouvez tout l'univers de *Tu as oublié mon cœur en partant* sur les réseaux sociaux de la Collection R**

COLLECTION R

LÉA JEUNESSE

# TU AS OUBLIÉ MON CŒUR EN PARTANT

*Illustrations de Maxime Lombard*

*Éditrice de l'ouvrage : Elsa Whyte*

Loi n° 49-956 du 16 juillet 1949 sur les publications destinées
à la jeunesse et aux jeunes adultes


ISBN 978-2-221-26032-6
ISSN 2258 2932
Dépôt légal : mars 2022
Éditions Robert Laffont – 92, avenue de France, 75013 Paris

*à tous les cœurs qui ont aimé une première fois*

# AMOUR

*j'ai rencontré l'amour en te heurtant*

j'aimerais te faire une belle déclaration d'amour, et pourtant aujourd'hui je n'arrive pas à trouver les bons mots, peut-être qu'ils n'existent pas. Peut-être qu'il n'y a aucun mot assez fort, assez puissant pour décrire ce que je ressens lorsque tu es devant moi, quand tu souris, quand je t'entends rire. Aucun mot pour ce que j'éprouve lorsque je suis dans tes bras, quand ton corps est contre le mien et que j'écoute ton cœur battre. Il est difficile d'apprendre à aimer correctement, il n'y a pas de guide, pas de livre qui t'explique comment bien le faire, comment aimer sans souffrir, sans détruire, et sans se perdre. Et tu sais, cet amour que j'éprouve à ton égard, c'est la seule chose que je ne suis pas en mesure de contrôler et ça me terrifie. Ça me terrifie de ne pas savoir si je t'aime bien, trop, pas assez, si je t'étouffe avec ce que je ressens, si je me noie dans mes propres sentiments. Tu m'as appris à construire un monde nouveau avec toi, un meilleur, un plus solide, un monde dans lequel je suis fière de vivre. Tu m'as prouvé que même la perfection était imparfaite et que c'était ce qui nous rendait merveilleux. Tu m'as appris que ce n'était pas grave d'avoir tort, parfois, de tomber, souvent. Tu me fais me sentir vivante, tu fais rejaillir le meilleur de moi et il n'y a que dans tes bras, que j'arrive à me retrouver. Je t'aime, je t'aime si fort

j'ai toujours eu du mal à trouver ma place
dans ce monde mais j'ai l'impression d'être *chez moi*
dans tes bras

tu m'as fait comprendre qu'il y avait plein de raisons de mourir mais tellement plus de vivre. Tu m'as appris que l'échec n'était pas de tomber mais de rester au sol. Grâce à toi, j'ai compris que l'erreur était humaine et qu'on avait le droit de se tromper, de s'éloigner du chemin et même de ne plus se retrouver. Avec toi, j'ai accepté que ma place soit ici et non ailleurs, et que je la méritais autant que les autres. Tu m'as appris que fabriquer des ponts pour avancer était plus facile que de construire des murs pour se protéger du passé. Tu m'as appris qu'il existe des sourires qui font le nôtre et que le bonheur de certains pourrait faire le mien, si je le voulais. J'ai compris qu'avoir des rêves c'était bien, mais que les réaliser surpassait tout. Et tu m'as fait comprendre que l'espoir se trouvait partout, qu'il suffisait de bien chercher ou tout simplement, d'ouvrir les yeux

tu m'as fait comprendre
qu'il y avait plein de raisons de mourir
*mais tellement plus de vivre*

je t'aime, je t'aime bien plus qu'il n'y a d'étoiles dans le ciel. J'aime, quand dehors c'est le déluge, et te murmurer qu'il ne pleut plus jamais dans mon cœur depuis que je t'ai rencontré. J'aime penser que notre amour pourrait faire trembler le monde entier. J'aime admirer le ciel et me dire que la plus belle étoile est à mes côtés, mais surtout qu'elle brille plus que toutes celles au-dessus de nos têtes

j'aime l'amour,
*j'aime les petits rayons de soleil que tu apportes,*
*les papillons qui naissent au creux de mon ventre,*
j'aime t'aimer

toi, tu étais un peu plus que les autres, tu étais différent de tout ce que j'avais connu. Tu étais à part dans ce monde et j'avais envie que tu fasses partie du mien. Tu as battu dans ma poitrine comme un coup de cœur incontrôlable et je suis tombée amoureuse de toi, c'était rapide, fort, mais j'ai peur. J'ai peur que ce soit trop beau pour être vrai, et j'ai peur de tomber au sol plutôt que dans tes bras. Tu sais, je n'ai pas peur de te dire *je t'aime*, mais que les mots ne suffisent parfois plus à le montrer correctement. Pourtant je t'aime, je t'aime comme j'aime le ciel et ses couleurs, comme j'aime la nuit et ses étoiles. J'aime ta façon de regarder le monde et d'y voir de la beauté là où d'autres ne verraient rien. J'aime ta curiosité, ton envie de tout découvrir et de connaître les secrets de l'univers. J'aime sentir mon cœur s'emballer lorsque tu prononces mon prénom, comme s'il comptait un peu plus que les autres. Avec toi, les feuilles blanches se parent des plus belles couleurs. Et maintenant, je rêve de sentir nos doigts s'entremêler, tes lèvres frôler ma peau, je brûle d'écouter ton cœur battre contre le mien, former l'une des plus belles mélodies. Tu es mon humain préféré, et si l'amour portait un nom, je pense que ce serait le tien

j'ai peur qu'en tournant les pages,
je ne te trouve plus caché derrière

je n'ai pas beaucoup de choses à te montrer, encore moins à t'offrir, je n'ai que mon monde un peu bancal, qui manque de s'effondrer à chaque instant. J'ai un cœur à te donner, un cœur un peu blessé, un cœur fragile. Un cœur qui t'aime tellement qu'il craint parfois cet amour qu'il ne contrôle pas, ces sentiments qui le dépassent. J'ai un corps à te montrer, un corps qui a manqué d'attention lorsqu'il en avait le plus besoin, un corps blessé qui essaie d'être accepté, d'être aimé, d'être lui-même. J'ai des mots, énormément de mots à te destiner, qui te décriront chaque émotion, chaque sensation. Des mots qui déchirent et qui brûlent, des mots qui font l'effet d'une balle en pleine poitrine. Je n'ai pas beaucoup de choses à t'offrir, seulement moi, et un amour si puissant qu'il m'étouffe parfois

c'est en te heurtant que j'ai compris ce que voulait dire
*tomber amoureux*

avant, j'avais l'impression de n'être rien et tu m'as prouvé que je pouvais être tout. Alors je te remercie, merci de m'avoir laissé me plonger dans ton regard et de m'avoir autorisée à m'y perdre pour enfin m'y trouver. Merci d'accepter mes faiblesses, mes défauts, mes erreurs, ce que je déteste, et tout ce qui ne tourne pas rond chez moi. Merci de m'avoir permis d'y croire de nouveau, d'y croire encore et surtout d'y croire plus fort. Merci pour tous les rêves que tu me donnes et pour la force qui me permet de vouloir les réaliser. Merci pour tous ces sourires, pour cette joie et cette folie qui brillent dans mes yeux. Merci de m'avoir montré le chemin du bonheur et de me laisser le parcourir à tes côtés. Merci de me tendre la main quand ça ne va pas et de m'aider à me relever quand je ne tiens plus debout ou que je n'ai plus la force de le faire toute seule. Merci pour toutes les étoiles au fond de mon regard et pour celles qui brillent encore plus au-dessus de ma tête. Merci de me faire croire aux arcs-en-ciel après la pluie et au soleil qui finit toujours par se lever. Merci pour toi, pour nous, pour tout, mais surtout, merci d'avoir continué de m'aimer lorsque je n'étais plus capable de le faire

merci d'essayer de rendre le monde meilleur,
mais surtout de rendre le mien plus beau
*le monde que je préfère, c'est celui dans tes bras*

avec toi, tout semble facile, doux, beau, tout semble parfait. Comme si le monde était un océan calme sur lequel chaque navire pouvait voyager. Avec toi, j'ai appris à ne plus avoir le mal de mer. Avec toi, j'ai accepté, pardonné – ce que j'avais toujours eu du mal à faire. Avec toi, j'ai découvert d'innombrables choses que je ne connaissais pas : la tendresse, l'amour, mais aussi la peur de la perte. Avec toi, je savais ce que je voulais, j'avais des rêves, des envies, de l'espoir. Avec toi, je me sentais forte, je me sentais moi, je me sentais bien. Avec toi, j'avais des papillons dans le cœur et des étoiles dans les yeux, j'en étais une moi aussi, et je brillais. Je brillais d'amour, et je brillais pour nous

*avec toi,*
le verbe aimer prend tout son sens

je t'aime, fort, malgré mon caractère, le tien, malgré les intempéries de ma vie ou ce qui me traverse l'esprit. Excuse-moi pour le petit bordel qui règne en moi, pour mon amour toujours de travers, pour les erreurs que j'ai faites et celles qui viendront, pour les blessures du passé qui mettent énormément de temps à guérir. Désolée pour les pansements que je n'arrive parfois pas à enlever, pour les quelques cicatrices qui resteront avec moi, pour tout ce qui me hante et qui ne me quittera jamais. Pardon de ne pas t'avoir dit plus tôt que je t'aimais pour me protéger, pardon d'avoir osé prétendre te détester lorsque je savais que ce n'était pas le cas. Et peut-être qu'il y a des choses qui ne s'effaceront jamais et qu'on gardera toujours au fond de nous, mais elles nous apprendront à grandir, main dans la main, si tu le veux encore

je ne sais plus comment t'aimer
*alors je le fais de la pire des manières*

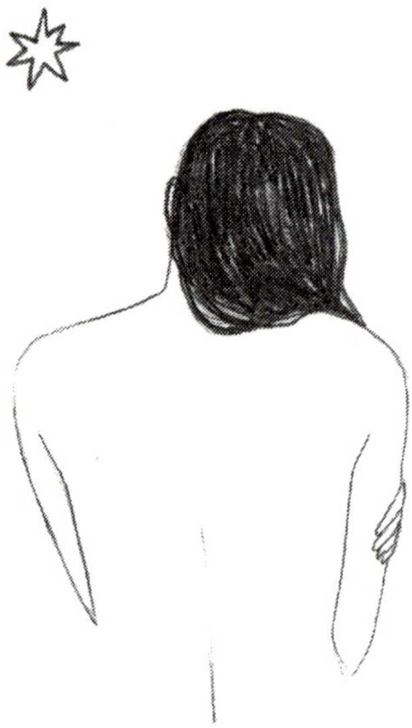

j'ai peur, j'ai peur de ne pas savoir admirer la vie comme toi, alors que je regarde pourtant dans la même direction. J'ai peur que mes souhaits te paraissent minuscules alors que les tiens me font rêver J'ai peur que la distance se mette entre nous, qu'elle fasse barrage à notre amour qu'on a mis si longtemps à trouver, à comprendre, à accepter, mais surtout à protéger. J'ai peur que le temps finisse par se lasser de nous petit à petit, qu'il me lâche dans une vie que je ne connais pas sans toi. J'ai peur que toutes nos promesses tombent dans l'oubli, *comme nous.* J'ai peur que la séparation me déchire au point de ne plus savoir qui je suis ni celle que je pensais devenir, parce que tout ce que je veux, c'est continuer d'être à tes côtés. J'ai peur, j'ai peur que l'amour ne soit plus pour toi une assez bonne raison de rester, *j'ai peur de ne plus te suffire*

l'amour n'est pas une erreur
mais une belle raison de rester,
*même si ce n'était peut-être*
*pas suffisant pour toi*

tu as toujours été mon horizon, cet endroit où je voulais aller. Les bras dans lesquels je me sentais bien, dans lesquels je me sentais moi. Tu étais mon monde entier, mon avenir, tout ce que je voulais construire, l'histoire que je voulais écrire mais surtout cette belle histoire que je voulais vivre. Tu as été un rêve que je n'ai cessé de toucher du bout des doigts et que je n'ai jamais su réaliser. Tu étais l'un de mes plus grands piliers, mais aussi mon seul repère, ce phare dans la nuit qui me guidait, qui m'empêchait de me perdre. Tu as été mon étoile, celle qui scintillait plus fort que les autres dans mon ciel. Tu étais mon *tout* et je n'étais plus rien sans *toi.* Je ne pensais pas qu'un jour j'arrêterais de briller, et pourtant c'est devenu le cas à tes côtés notre amour s'est éteint doucement, sans faire de bruit,

*et j'ai senti mon cœur se briser en mille morceaux*

# RUPTURE

*j'ai eu le cœur brisé et on m'a dit*
*qu'il y en aurait d'autres, d'autres amours, d'autres toi*

ce soir-là, je ne me rendais pas encore compte de ce qui allait se passer, de la tempête que j'allais devoir traverser, de l'océan de tristesse dans lequel j'allais sombrer, du monde que je devrais reconstruire sans que tu en fasses partie. Ce soir-là, il n'y avait rien, plus aucune émotion, aucun sentiment, aucune larme, aucun cri, seulement le vide et un trou béant. Ce soir-là je refusais d'y croire, je n'acceptais pas, c'était impossible. Pourquoi moi ? Pourquoi maintenant ? J'ai tout donné de moi dans cette histoire, je m'y suis jetée corps et âme, j'ai sauté d'une falaise et j'ai plongé dans l'inconnu sans me soucier de ce qu'il y aurait en bas, persuadée que tu me rattraperais. Tu sais, je n'ai pas hésité une seule seconde avant de me laisser tomber dans le vide. Peut-être que j'aurais dû. Peut-être que j'aurais dû réfléchir, je me serais fait moins mal en touchant le sol, peut-être que j'aurais buté contre moins de murs, et peut-être même que mon cœur ne se serait pas brisé. Peut-être que la vie aurait été plus douce et moins compliquée, peut-être même que je n'aurais pas souffert. Peut-être que si j'avais surveillé la flamme de notre amour, elle ne se serait pas transformée en incendie meurtrier, et qu'alors j'aurais pu l'éteindre à temps. Non, ce soir-là, je ne me rendais pas compte de ce qui venait de se passer

pour la première fois de ma vie,
j'ai eu peur de perdre quelqu'un,
*et pour la première fois, je l'ai perdu*

quand tu m'as brisé le cœur, je ne savais pas comment faire taire tout ce qui s'animait en moi. Un énorme vide grandissait chaque jour un peu plus et, parfois, se remplissait à l'excès. Je ressentais des choses que je n'avais pas connues jusqu'ici, et la douleur s'insinuait partout en moi. Sans toi, mes journées étaient fades, la vie n'avait plus de couleurs, j'errais comme un fantôme. Trop de larmes et trop de sentiments débordaient de mon être, trop d'émotions que je n'arrivais plus à contrôler. J'étais seule, perdue, sans personne vers qui me tourner, sans pouvoir en parler. Je me sentais bête de souffrir parce qu'on venait de me lâcher la main, minable de pleurer parce qu'on venait de me briser le cœur. Une nuit, un trop-plein de tout m'a donné envie de crier, *mais comment on crie avec le cœur ?* Alors, j'ai pris un stylo et j'ai noirci les pages d'un cahier, j'ai écrit mes peines, mon chagrin, la douleur d'un départ, d'une absence, le manque, et la souffrance d'un adieu. Tu sais, cette nuit-là, j'ai vidé ma plume de son encre et mon âme de ses peines

*on dit de l'écriture que c'est le cœur qui éclate en silence.*
*Le mien n'éclatait pas, il hurlait*

j'ai senti mon âme se fissurer doucement sous tes mots d'adieu et je me revois, incapable de tenir debout, tout implosait en moi. Les souvenirs se mélangeaient sous mes yeux, ta voix et nos espoirs en train de se perdre, comme nous deux. Chaque petit battement brisait mon cœur un peu plus, et je sentais les émotions se débattre dans le chagrin avant d'y sombrer, je les entendais lutter contre la peine avant de se noyer dans la tristesse. J'avais l'impression que le bateau de notre amour venait de faire naufrage

je t'ai perdu sans un mot,
je t'ai regardé t'en aller sans un bruit,
*et pourtant, tout en moi te criait de rester*

et le silence régnait un peu trop fort au creux de mon cœur, laissant parler ce vide insupportable que je traînais chaque jour en moi. C'était désarmant, tu sais, de ne plus savoir où tu allais, ce à quoi tu pensais, ce que tu faisais et avec qui tu parlais. Ça m'a crevé l'âme, de retirer cette fameuse flèche qui nous avait touchés. Et j'ai mis du temps à m'y habituer, à ce foutu trou béant dans ma poitrine. Ce n'était plus mon nom qui faisait battre ton cœur mais le tien hantait toutes mes pensées. Mon nom avait disparu de ta tête, de ta vie, remplacé par un autre. Je n'étais plus là où tu existais encore pour moi, et je divaguais entre le passé de notre amour et ce présent sinistre, loin de nous. J'étais perdue dans un monde que je ne connaissais pas. Plus. Pas sans toi. Tu avais laissé des morceaux de ta personne un peu partout, et je vivais avec chacun d'eux, encore ancrés en moi

je voulais être le prénom
pour lequel battait ton cœur

je pensais que tomber amoureux était la chose la plus simple et la plus douce au monde, pourtant c'est bien une chute. On tombe, et souvent on se blesse. On tombe, et parfois on n'arrive pas à se relever. Lorsque je suis tombée amoureuse, la chute était magnifique, la plus merveilleuse qui soit. Je me sentais plus grande, plus forte, comme si rien ne pouvait m'atteindre. Je volais, je riais, j'étais heureuse et puis, je suis tombée. Je suis tombée quand je m'y attendais le moins, et je me suis brisée. Lorsque j'ai touché le sol, j'ai eu si mal que je pensais ne jamais pouvoir me relever, et pourtant, j'ai essayé. J'ai essayé pendant des jours, des nuits, des semaines, pendant des mois entiers. J'ai essayé de me relever mais aussi d'avancer, pourtant j'ai l'impression que je ne vais jamais réussir à me remettre debout

je suis tombée amoureuse de toi,
puis je me suis brisée en mille morceaux

tu m'as dit que tout finirait par s'effacer, que tout s'en irait bien un jour, je ne pensais pas que ce serait ton cas, et pourtant tu l'as fait. Tu es sorti de ma vie en claquant la porte, tout le monde s'y attendait, tout le monde sauf moi. Tu es parti, tu as fui comme le soleil disparaît la nuit. Et je me suis sentie si seule, si vide, comme si tout ce que je ressentais avait disparu, comme si tout ce que je gardais au fond de moi était parti en même temps que toi. Et puis petit à petit, je voyais ton absence remplir ta place, et ça me brisait. Ça me brisait parce que mon cœur crevait encore d'amour pour toi, mais tu n'étais pas là, plus là. Et ça m'a déchirée. Ça m'a déchirée parce que je n'ai jamais su vivre dans un monde où tu n'existes plus, et c'est ça le plus triste

tu es parti, tu as fui
comme le soleil disparaît la nuit

je me souviens de tout, de chaque date, de chaque sourire. Je me souviens de la douceur de tes lèvres et de la chaleur de tes bras, de cette impression que tout allait mieux quand tu étais là. Je me souviens de ton regard qui disait *je t'aime*, je me souviens de nous *et de tout ce qu'on était*

je me souviens de toi, de nous,
*et de tout ce qu'on ne sera plus jamais*

les jours qui ont suivi ton départ étaient atroces : je ne savais pas quoi faire, je ne savais pas quoi dire, je ne pouvais que pleurer. J'avais peur d'être seule et de vivre avec cette absence constante. *J'avais peur d'être entourée si ce n'était pas de toi.* Je voulais crier, mais je n'avais rien à dire, je voulais m'en aller loin de tout, loin de nous, mais je n'avais aucune envie d'avancer si tu n'étais pas là. J'étais perdue, effrayée, je ne savais pas comment allait être ma vie si tu n'en faisais plus partie et, pire que tout, je ne voulais pas le savoir je ne voulais pas d'un *après toi*

peut-être que j'aurais dû ne rien dire, ne pas t'avouer que je t'aimais et ne pas te dire que la vie était plus douce dans tes bras. Peut-être que je n'aurais pas dû te donner mon cœur, et ne pas te regarder essayer d'en prendre soin lorsqu'il t'arrivait de le faire tomber. Peut-être que t'aimer a été la plus magnifique des erreurs, et que je le regretterai toute ma vie. Peut-être que j'aurais dû m'en aller bien avant que tu deviennes ma plus grande blessure, cette cicatrice qui reste ouverte et qui continue de brûler

peut-être que j'aurais dû partir plus tôt, me déchirer
le cœur toute seule pour mieux l'éloigner du tien

# TRISTESSE

*je pensais que l'amour était la plus belle des choses*
*jusqu'à ce qu'il laisse mon cœur en miettes*

après toi, la vie était un amas de poussières et de vieux souvenirs que je refusais d'oublier, un monde sombre, fade et détruit que je ne voulais pourtant pas abandonner. Je vivais dans un univers où le soleil s'était éteint et dans lequel mon cœur s'était perdu. Aucune étoile ne brillait dans mes yeux, et les papillons au creux de mon ventre mouraient lentement de tristesse. Ma peau hurlait ton nom et ça me démangeait. Mon cœur brûlait de te voir revenir sans jamais te voir arriver. Mon être réclamait tes bras pour calmer l'orage qui grondait en moi. C'était atroce de me retrouver ici sans toi, sans savoir quoi faire, où aller, sans avoir même l'envie de partir ailleurs tout recommencer. Notre amour ravageait tout ce qu'on avait construit, ce monde qui avait résisté à d'innombrables tempêtes pour s'effondrer à la dernière. Celle qui, désormais, porte ton nom

ça demande du courage de vivre après toi,
et peut-être que ce courage-là, je ne l'ai pas

parce que le bateau de notre histoire a chaviré et que je suis la seule à m'être noyée parmi nos souvenirs. J'ai plongé la tête la première et je me suis battue contre le froid glacial de cet océan de tristesse, contre les courants qui m'éloignaient de toi, de nous, de tout. J'ai affronté des orages qui grondaient si fort, qui faisaient si peur… J'ai traversé des vagues violentes desquelles j'ai pensé ne jamais pouvoir m'échapper. J'avais peur de remonter à la surface, peur de voir que tu étais parti, abandonnant tout ce qui te rattachait à moi, à notre amour désormais loin de nous, et ça me déchirait. Je ne savais plus à quoi m'accrocher, alors je me suis laissée sombrer dans les profondeurs, je me suis habituée à ces silences qui résonnaient partout autour de moi, à ce calme qui m'étouffait dans ses bras à la place des tiens qui n'étaient plus là

je préfère me noyer parmi ce qu'on a vécu
plutôt que d'essayer de vivre de nouveau
dans un monde où tu n'es pas

je pense à toi quand le silence devient trop pesant, à la façon que tu avais de le briser parce que tu le détestais. Je pense à toi lorsque je regarde la pluie tomber sur moi, elle me rappelle à quel point j'étais la seule à l'aimer quand toi tu préférais voir le soleil briller, très haut dans le ciel. Je pense encore à toi lorsque le froid me serre dans ses bras, quand tu n'es plus là pour le faire, ni pour faire taire les bruits qui résonnent en moi. Je pense à toi lorsque ton nom me hante, que ton visage me manque et que des vagues de regrets s'abattent sur moi avec violence. Je pense à toi quand le sommeil ne vient pas, et qu'il y a une place vide à mes côtés qui t'attend toujours, depuis bien trop longtemps. Je pense à toi lorsque la nuit tombe doucement, quand je regarde les centaines d'étoiles scintiller dans l'obscurité en me demandant si tu m'as oubliée. Je pense toujours à toi en marchant dans certaines rues, comme si tu ne les avais jamais vraiment quittées, comme tu n'as pas quitté mon cœur

je pensais qu'aimer était la plus belle des choses
lorsqu'elle s'est révélée être la pire

comme je t'en ai voulu de m'avoir laissée seule dans un monde où tu m'avais promis de rester.

Depuis ton départ, des dizaines de questions tournent en boucle dans ma tête : qu'est-ce qu'il s'est passé ? Pourquoi tu n'es plus là ? Pourquoi tu es parti ? *Pourquoi tu restes partout ?* Pourquoi tu ne m'as pas dit au revoir avant de t'en aller ? Dis-moi, est-ce que ça va ? Où es-tu ? Qu'est-ce que tu fais ? Qui tu aimes ? Est-ce que ça te fait du mal, à toi ? Et... est-ce que je te manque ? Tu sais, j'ai cherché des réponses partout, dans le regard des autres, dans les bras de certains garçons, contre les épaules de mes amies, sur le quai de la gare, à notre arrêt de bus, et même dans des endroits où nous n'avions jamais posé les pieds. J'ai cherché des réponses sur la tombe de notre amour, en regardant le temps passer, en voyant la vie avancer, en souffrant, en comprenant que le monde continuait de tourner sans m'attendre. J'ai cherché des réponses en regardant le soleil disparaître doucement, sans bruit, de la même manière que tu avais quitté ma vie. J'ai cherché des réponses dans le ciel bleu, dans les nuages, et j'ai même demandé à la lune, et aux millions d'étoiles à ses côtés. J'ai cherché des réponses en fixant mon plafond, en pleurant, en hurlant dans mon oreiller. J'ai cherché des réponses à chacun de mes réveils, en marchant dehors, en observant les passants, toute seule, dans le froid, en regardant les feuilles tomber et s'écraser sur le sol, comme mon cœur quelques mois plus tôt, à cause de toi

tu as oublié mon cœur en partant

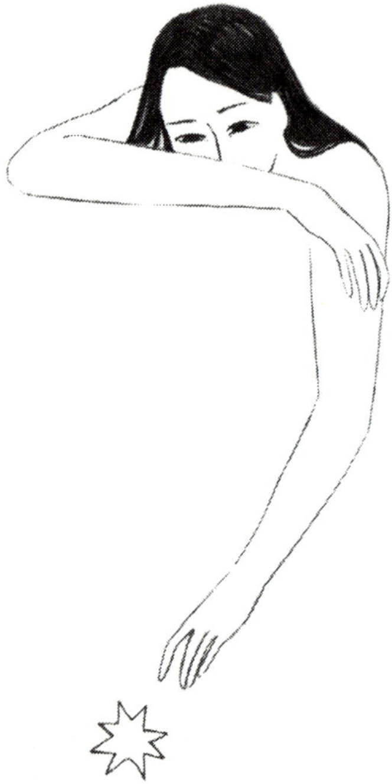

il y a des jours où tu me manques, des jours où tu me hantes et des jours où je t'oublie. Il y a des jours plus difficiles que d'autres, des jours où le passé s'acharne sur moi, comme si je le méritais, et des jours où la vie me serre dans ses bras en me murmurant que ça ira, que ça finira par passer. Il y a des jours où j'ai envie de crier à quel point j'ai mal au cœur à cause de toi, *parce que tu refuses de le quitter.* Il y a des jours où j'ai envie de pleurer parce que mon corps est inondé de tristesse depuis ton départ, depuis cet *au revoir* qui se transforme petit à petit en *adieu.* Il y a des jours où la douleur me martèle le cœur, comme s'il n'avait pas déjà assez souffert à cause de toi. Il y a des jours où j'ai envie de partir et de ne plus me retourner, des jours où je veux m'éloigner de toi, de la douleur, parce qu'on m'a dit « c'est tuant, les souvenirs » *surtout lorsqu'ils portent ton nom.* Il y a des jours où j'ai cru être forte, du moins assez pour continuer d'encaisser ces vagues de douleur, pour oublier cet amour qui me brûle, je pensais être assez forte pour supporter ton absence dans ma vie. Mais je me rends compte que sans toi, je ne suis plus rien, que sans toi, je ne suis plus moi

l'amour sans toi,
ça fait terriblement mal

j'aurais préféré devenir amnésique plutôt que de trop bien me rappeler ton prénom et tout ce qu'il représentait pour moi. Réussir à l'effacer et le remplacer par un autre, comme toi tu l'avais fait. J'aurais aimé ne plus pouvoir me rappeler ton si joli sourire lorsqu'il n'était plus pour moi, pouvoir oublier la couleur de tes yeux, le son de ta voix et celui de ton rire qui résonnait encore au creux de moi. J'aurais voulu effacer les souvenirs et les silhouettes de nos fantômes qui continuaient de vivre à mes côtés. Pouvoir te faire mes adieux sans espérer que le temps les change en au revoir. Réussir à te détester au point d'en oublier l'amour que je te portais. J'aurais voulu pouvoir te laisser partir sans attendre ton retour, m'en aller sans crever d'envie de me retourner. J'aurais voulu faire comme si un jour mon cœur n'avait pas battu pour le tien, comme si je ne t'avais pas aimé, et comme si nous deux, ça n'avait jamais compté

devenir amnésique pour ne plus me souvenir
de ce qu'on était

il y a des jours où j'ai envie d'arracher ton prénom de ma mémoire, afin qu'il disparaisse de mon cœur. Parfois, c'est si douloureux de me souvenir de toi. Tu n'es plus là, tu es parti, et pourtant tu continues d'être partout, d'être en moi. Le temps passe mais n'atténue pas la douleur que porte ton souvenir, et je me fatigue à lutter contre ton fantôme comme s'il me rongeait telle une maladie

l'amour est une maladie
dont on refuse de guérir

depuis que tu n'es plus dans ma vie, j'ai l'impression d'avoir perdu quelque chose que je ne retrouverai jamais. C'est donc ça, *avoir perdu quelqu'un que l'on aime* ? Le regarder s'en aller avec des morceaux de soi que l'on ne retrouvera plus jamais ? Des morceaux que personne ne pourra remplacer ? J'ai l'impression que je ne ferai jamais le deuil de ce que je n'ai pas pu sauver

tu as laissé des bribes de toi un peu partout,
et je n'arrive pas à m'en débarrasser,
*tu existes trop là où tu ne vis plus*

j'ai pleuré le jour de ton départ, et tous les jours qui ont suivi. J'ai pleuré les souvenirs, et tout ce qui ne vivra plus jamais. J'ai pleuré ton absence, et le manque qui demeurait. J'ai pleuré pour la peur, pour les doutes, pour tout ce qui prenait ta place. J'ai pleuré chaque nuit, et même en pleine journée. J'ai versé des tonnes de larmes au risque de me noyer. J'ai passé des journées à dormir et des nuits sans fermer l'œil. Je suis sortie. Tout le temps. Je me suis saoulée de gens pour éviter de penser à toi. Puis j'ai fait tout le contraire. Je suis passée dans des endroits inconnus pour ne plus croiser ton souvenir, j'ai marché dans nos endroits préférés, j'y ai vu les silhouettes de nos fantômes rire et se moquer de ce que je devenais. J'ai tout fait, absolument tout, pour éviter de penser à toi ou pour continuer de le faire, et rien ne m'a aidée

la tristesse,
*c'est tout ce qu'il reste de toi*

tu sais, on n'oublie pas le premier prénom qu'on a aimé, celui qui sonnait différemment, et qui avait le pouvoir de faire battre notre cœur un peu plus rapidement. On n'oublie jamais le premier regard dans lequel on s'est plongé, ni celui qui nous a fait voir la vie d'une autre manière, souvent plus belle, parfois plus sombre. On n'oublie pas le premier *je t'aime*, encore moins le dernier *au revoir*. Tu sais, on n'oublie pas la première silhouette qui a rendu nos journées merveilleuses. On n'oublie pas la première personne qui nous a fait vibrer, ni le premier rire qui nous a fait trembler. On n'oublie jamais les yeux à travers lesquels on avait l'impression d'exister réellement, pour la première fois. On ne peut pas oublier le premier cœur brisé, ni la sensation des premières larmes qui roulent sur nos joues. On n'oublie pas celui, celle qui nous a fait grandir, ni les premiers mots qui nous ont fait du mal. On n'oublie jamais le premier amour, la première peine

on n'oublie jamais le cœur
qu'on voulait aimer toute sa vie

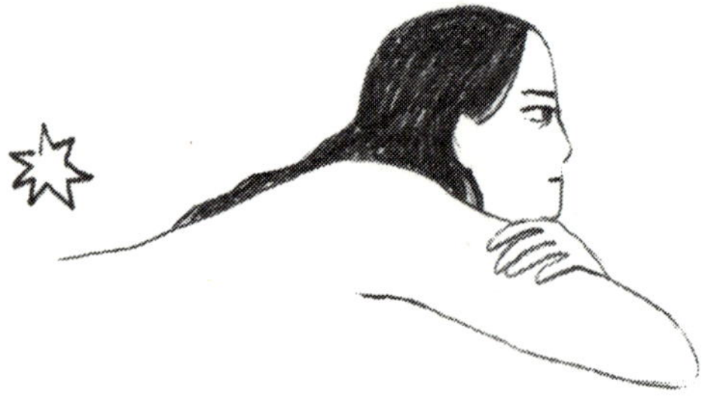

moi aussi je voulais être la blessure de quelqu'un, cette petite cicatrice toujours sensible, marquée sur la peau, au cœur ou dans l'âme. Je voulais être ce prénom qui brûle beaucoup trop pour être prononcé, celui qu'on n'ose plus écrire et qui nous change à jamais. Je voulais être ce sujet oublié, trop douloureux pour être abordé, cette discussion interdite que tout le monde entreprend pourtant. Je voulais être un rêve, un souhait, celui qu'on cache au fond de soi en secret. Je voulais être une rencontre qu'on garde au creux du cœur, ce regard dont on se souvient trop bien, cette voix qui fait trembler. Je voulais être la personne qu'on continue d'aimer. Je voulais être quelqu'un aux yeux d'un autre, un souvenir qui ne s'efface pas malgré le temps qui passe, qui réchauffe le cœur mais qui menace de le détruire. Je voulais seulement être pour quelqu'un, ce que tu as été pour moi je voulais être la personne qu'on continue d'aimer

je ne veux plus être l'un de ces souvenirs que le temps efface lentement, que tu finisses par m'oublier, moi, ma voix, mes sourires, ce qu'on se murmurait pendant la nuit quand elle n'appartenait qu'à nous. Non. Je veux être ce prénom sensible à ton cœur, celui dont l'évocation fait trembler chaque parcelle de ton corps, de ton être. J'aimerais que nos secrets, nos rêves et nos promesses continuent de combattre le temps. Et si malgré tout ton âme oublie la mienne, souviens-toi qu'elles se sont aimées au moins un instant, pour que tout ce que nous avons vécu ne disparaisse pas en même temps que nous. Si notre empire s'effondre encore une fois, jure-moi d'en reconstruire un nouveau, ne laisse jamais les ruines nous ensevelir tous les deux. Et si la vie nous oublie, promets-moi toi, que tu t'en souviendras

et si ton âme oublie la mienne, souviens-toi
qu'elles se sont aimées au moins un instant

peut-être que je ne suis pas faite pour aimer de nouveau, de peur que cette fois-ci, ça me brise entièrement. De peur d'avoir mal une fois encore, d'être brûlée par une flamme qui deviendrait un incendie dévastateur que je n'arrêterais jamais à temps. Peut-être que je préfère fuir devant l'amour pour ne pas le laisser me toucher, me combler, puis me détruire. Peut-être que c'est plus simple de fermer les yeux devant le bonheur plutôt que de lui faire une place et qu'il finisse par nous quitter

je n'ai pas peur d'aimer,
*mais j'ai peur de souffrir*

# ALLER-RETOUR

*tu reviens toujours,*
*mais tu n'oublies jamais de partir*

et puis tu reviens six mois après, sans un mot. Tu débarques en pleine journée, en sortant de nulle part, et tu bouleverses tout mon monde. Tu ne peux pas t'empêcher de reposer les pieds dans ma vie, n'est-ce pas ? Comme si tu en avais besoin, comme si tu voulais me rappeler ton existence que pourtant je n'oublie pas. Je ne supporte plus ces allers-retours silencieux. De nouveau, ton absence devient plus imposante et le manque que tu laisses derrière toi plus douloureux. Pourquoi faut-il que tu choisisses toujours le mauvais moment pour revenir ? Pourquoi ai-je l'impression d'avoir du mal à respirer ? Tu reviens pour mieux repartir, je connais le scénario, je l'ai vécu des centaines de fois depuis que j'ai croisé ton regard. Tu reviens, puis tu t'effaces, tu disparais sans laisser de trace, et à nouveau tu te changes doucement en souvenir, sans faire de bruit

je me suis habituée à tes retours
mais j'ai mal à chacun de tes départs

combien de fois… combien de fois je suis tombée parce que ta main ne tenait plus la mienne ? Combien de temps j'ai passé à attendre le retour d'une personne qui allait mieux sans moi ? Combien de larmes j'ai essuyées, combien de fois j'ai voulu crier, combien de fois j'ai senti mon cœur se déchirer par ta faute ? Combien de fois je t'ai supplié de rester, de revenir, puis de partir parce que je ne supportais ni ton absence, ni ta présence ? Combien de fois on s'est pardonné et combien de fois on a refait les mêmes erreurs ? Combien de fois on a essayé de tourner la page et combien de fois on a continué de la relire ? Combien de nuits j'ai pleuré ton absence et combien de nuits tu comblais la mienne dans les bras d'une autre ? Combien de fois on s'est dit *je t'aime* et combien de fois l'a-t-on réellement pensé les vagues reviennent toujours, *et toi aussi*

la première fois que tu es parti, j'ai senti mon être se déchirer en deux, et quand tu es revenu, cette faille n'a pas disparu. J'avais l'impression d'avoir perdu une moitié de moi, et je savais que je ne la retrouverais jamais. Tu as fui avec des morceaux de mon âme sans jamais me les rendre, et depuis ce jour, quelque chose manque. Depuis toi, une partie de moi s'est évanouie, n'a laissé qu'un grand vide qui ne se comble pas. D'autres ont essayé de m'aimer, de remplacer cette pièce manquante, de combler cette absence, en vain. J'ai rencontré des cœurs qui ne battaient pas comme le tien, des garçons qui n'étaient pas toi

peut-être que je suis condamnée à vivre
avec ce trou béant dans ma poitrine,
*pour ne jamais t'oublier*

j'y ai cru tu sais, à ce retour que tu me promettais. J'ai cru à ce nouveau toi, à ce nouvel amour. J'ai cru à tes paroles, à tes regards. J'ai réussi une toute petite seconde à rêver qu'on pouvait s'aimer encore une fois, et sans se faire du mal. Mais tu ne sais pas aimer, tu ne sais pas m'aimer, et comme toujours, tu me brises le cœur avant de t'en aller

tu m'as brisé le cœur tant de fois,
*mais j'ai continué de t'aimer*

je t'ai vu partir, je t'ai regardé revenir, je t'ai observé t'en aller, avant d'être de retour. Tu ne sais pas ce que tu veux, tu ne sais pas où aller. Je ne suis pas assez pour que tu restes, trop pour t'empêcher de t'éloigner. Combien d'allers-retours dans ma vie ? Combien de temps seras-tu de passage dans mon monde

je voulais être assez pour quelqu'un,
j'aurais aimé te suffire

*laisse-moi partir.*
S'il te plaît, ne te retourne pas, ne me retiens pas et ne me reviens pas. J'ai besoin de m'en aller, de m'éloigner, pour une fois je ne serai pas celle qui reste et qui continue d'aimer. Je ne fuis pas, j'en ai seulement assez de me battre seule pour notre histoire et pour ce qu'on ne vivra plus. J'arrête de protéger les ruines d'un amour passé. Tu es parti et pourtant c'est toi qui m'as perdue. Si tu as réussi à partir tant de fois sans y laisser ton cœur, pourquoi est-ce que moi, je resterais

les étoiles nous regardent et doivent se moquer
de nous, *qu'est-ce qu'on a l'air pitoyables à ne jamais
s'aimer en même temps, à ne jamais s'aimer correctement*

je pensais que tu étais l'amour de ma vie, *je voulais être l'amour de la tienne*, mais certains chemins se séparent un jour et ne se croisent plus jamais. Tu sais, la colère me dévore quand je pense aux cœurs que tu as aimés après le mien. La tristesse me submerge, quand je me souviens des cœurs que j'ai brisés parce que je continuais d'aimer le tien. Pas un seul jour ne passe sans que je ne pense à toi. Le vide que tu laisses me donne envie de crier, de hurler. Combien de temps faut-il avant d'avancer ? Combien de temps faut-il pour cesser de pleurer ? Et quand est-ce que, enfin, on arrête d'aimer ?

je veux avancer loin de toi, pour respirer de nouveau,
pour vivre encore une fois

pourquoi tu ne cesses de revenir ? Pourquoi ton fantôme continue de me hanter ? Pourquoi toujours ces questions dans ma tête auxquelles tu ne répondras jamais ? Pourquoi je me sens lâche quand tu reviens ?

tu ne me quittes jamais vraiment,
*même lorsque tu t'en vas*

ça fait bientôt un an que je t'ai lâché la main. Aucun de nous n'est resté, cette fois-ci, le feu avait cessé de brûler. Peut-être qu'on n'en a jamais pris assez soin, et qu'être seul ne suffisait pas à le garder en vie. Je suis triste de voir qu'il ne reste qu'un tas de cendres de notre histoire. J'aurais aimé garder les sourires, les photos, les moments drôles et joyeux, en oubliant la tristesse, le manque, l'absence… tout ce qu'il demeure de nous aujourd'hui *l'amour s'est éteint comme un feu sous la pluie*

# SE RECONSTRUIRE

*nostalgique de tout ce qu'on a vécu et*
*de tout ce qu'on ne vivra plus jamais*

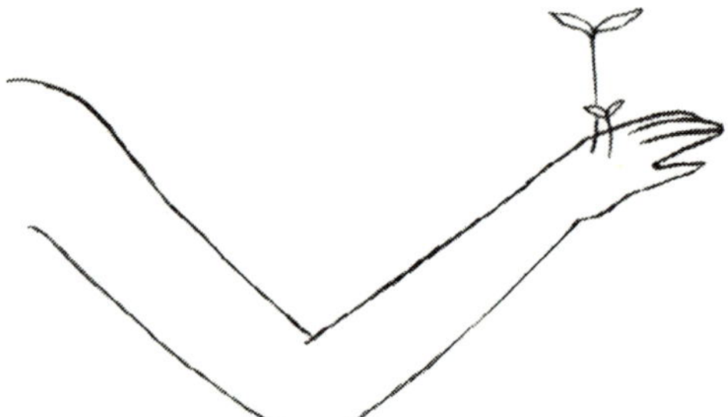

je voulais être ton premier amour, avoir cette place spéciale qui dirait : *tu as compté différemment et tu compteras toujours.* Je voulais juste te laisser de moi ce qu'il me reste de toi

je voulais être ton premier amour,
celui qui garde une place spéciale au creux du cœur,
celui qu'on n'oublie jamais

tu es celui qui m'a fait aimer la vie avant de la détester, la personne qui a fait battre mon cœur avant de le briser, tu as été la merveille de mon monde, avant d'être son destructeur. Tout portait ton nom, la vie, l'amour, puis le vide, le manque. Je ne voyais que ce que tu m'avais pris, le peu qu'il me restait. Les souvenirs déchiraient mon cœur, me donnaient envie de l'arracher, parce qu'ils m'empêchaient d'avancer sans toi. Tu as été la plus grande tempête de ma vie. Tu as tout ravagé sur ton passage, et je ne savais plus si je voulais rester ou si je devais partir

tu n'es pas resté, alors je suis partie,
*l'abandon de notre monde était une évidence*

pour guérir de toi, j'avais une montagne de sentiments à gravir, une tempête à affronter, il fallait que j'apprenne à calmer ces vents violents, à les faire taire parce qu'ils étaient devenus trop bruyants. Ils criaient ton nom quand mon cœur voulait l'oublier, ils espéraient ton retour quand je ne voulais que penser à toi sans souffrir

je ne te cherchais plus dans le regard des autres,
*j'essayais de me retrouver*

tu vois, j'espérais te manquer. Pour une fois inverser les rôles. Que le vide t'envahisse à ton tour pour que tu comprennes ce que ça fait d'être celui qui reste et qui continue d'aimer. Je voulais que le son de ma voix qui s'éloigne tout doucement avec le temps et qui finira par disparaître, te donne envie de l'entendre encore avant l'oubli. J'aurais voulu que ma silhouette et mon visage, qui s'effacent petit à petit, te fassent brûler de l'envie de me revoir pour conserver en toi chaque parcelle de mon corps. J'aurais aimé que l'absence de mes mots soit trop lourde à porter et qu'elle te donne envie de m'écrire de nouveau pour faire fuir ce silence abominable. *Je voulais te manquer*

peut-être qu'un jour, mon prénom sonnera faux,
peut-être qu'il finira par te faire du mal,
de la même manière que le tien m'a transpercée

je me souviens de la tristesse qui me collait à la peau, de la solitude qui me broyait dans ses bras chaque jour, depuis ton départ. Je déambulais comme un fantôme, je refusais d'avancer, je marchais sur place, près de nos souvenirs qui, eux non plus, ne s'en allaient pas. Je vivais les mêmes journées, toutes semblables les unes aux autres, les jours coulaient sur moi et je restais sans savoir depuis combien de temps je traînais ces douleurs derrière moi. Comme si mon monde s'était arrêté de tourner ou qu'il le faisait à l'envers. Tu m'avais lâché la main et je me retrouvais perdue, démunie, comme si on me poussait dans le vide et que je devais apprendre à voler, là, très vite, si je ne voulais pas m'écraser sur le sol. *Je n'ai jamais su voler* tu étais la raison pour laquelle j'aimais ce monde

j'oublie doucement la couleur de tes yeux et le monde qui vivait à l'intérieur. J'oublie petit à petit le son de ta voix qui me berçait de *je t'aime*. J'oublie lentement la chaleur de tes bras, l'odeur de ta peau, l'écho de ton rire, et la douceur de tes lèvres

qu'est-ce qu'il y a de plus terrifiant
que d'oublier la personne que l'on aime

tu as été le fantôme de mes écrits pendant longtemps, celui qui restait à mes côtés, dans ma tête et toujours au creux de moi. Je te voyais déambuler et vivre ainsi pendant que tout fanait autour de moi. Tu étais cette dernière page que je refusais de tourner, cette fin que je ne voulais pas affronter. Je ne voulais pas d'un après toi, ni réapprendre à vivre de nouveau, encore moins construire un autre monde que celui dans tes bras, aimer un autre cœur qui remplacerait le tien. Le monde paraissait si fade, si vide, et ton absence immense

je sais que ton fantôme disparaîtra comme tu l'as fait,
mais j'ai peur qu'il prenne plus de temps à s'en aller

j'ai décidé de partir seule, sans toi, avec des tas de souvenirs qui me bousillent parfois et qui continueront de me faire souffrir tant que je refuserai de m'en débarrasser. Nos souvenirs m'ont fait rêver, aimer, ils m'ont rendue heureuse, ils m'ont permis de tenir debout dans un monde qui s'écroulait, et je n'ai pas envie d'oublier tout ça. J'ai été l'un de ces naufragés de l'amour, prêts à n'importe quoi pour avancer, j'ai parfois cherché à guérir dans le regard des autres, parfois à me noyer dans la douleur, j'ai essayé de t'oublier. J'ai essayé d'aimer un autre cœur que le tien et je l'ai malmené. J'ai été méchante, lâche, j'ai fait des erreurs, j'ai menti, j'ai trahi des amis et j'en ai abandonné d'autres. J'ai arrêté d'être celle que tu disais aimer seulement pour que tu arrêtes d'être fier de moi. J'ai fait de mauvais choix seulement pour que tu arrêtes de me regarder comme si on avait encore quelque chose à sauver je ne voulais pas briser des cœurs pour guérir le mien

tu as été ma plus belle histoire. Personne ne pourra jamais prendre la place qui porte ton nom. Tout ce qu'on a partagé, tout ce qu'on a affronté ensemble, tous ces souvenirs sont en moi, et si j'oublie tout, je t'oublie, *toi.* Alors je te promets de ne pas oublier. Je n'oublierai pas les murmures, les promesses, les excuses. Je n'oublierai pas les moments de bonheur, de rire, de pleurs, les retrouvailles, les adieux, les retours, les départs. Je n'oublierai pas les oui, les non, les peut-être, les pour toujours, les à jamais, mes « *je te déteste* », et surtout tes « *je t'aime* ». Je te promets de ne pas t'oublier, de ne pas nous oublier

certaines personnes continuent de vivre en nous,
*même si elles ne sont plus là*

je ne regrette plus tes départs, ils m'ont permis de grandir, de changer, de savoir qui j'étais. J'ai rencontré des personnes qui comprenaient ma souffrance quand toi tu ne la regardais pas. Des épaules sur lesquelles pleurer, et des bras pour apaiser ma peine. À cause de toi j'ai souffert, mais j'ai compris ce que c'était qu'aimer

tu m'as brisé le cœur
et j'en ai fait de l'art

tu as habité en moi, sur ma peau, dans mon cœur, sur le coin de mes lèvres, à l'intérieur de mon regard… mais surtout, tu as touché mon âme. Je me suis éloignée de ce qu'on avait vécu, de ce qu'on avait partagé dans ces petits coins fleuris. Je suis partie loin de nos souvenirs, de notre amour, et même si tu n'avais pas existé là-bas, tu vivais en moi… Et j'ai vécu loin de cet endroit dans lequel j'ai croisé ton regard pour la première fois, là où j'ai compris que tu serais l'amour de ma vie… *mais pas dans celle-ci*

on se retrouvera peut-être dans une autre vie,
*celle-ci n'est pas faite pour nous*

# AVANCER

*je ne peux plus aimer quelqu'un qui ne m'aime plus,*
*et je ne veux plus rester alors qu'il n'y a plus personne*

je t'ai aimé de travers, avec maladresse, je t'ai aimé souvent trop fort et parfois pas assez, je t'ai aimé de manière bancale. Je t'ai aimé comme je le pouvais, avec violence aussi, avec mépris, haine et rancune. Je t'ai aimé égoïstement, sans accepter que ton cœur puisse battre pour un autre que le mien. Je t'ai aimé en ayant peur, et en souffrant, je t'ai aimé en te détestant. Je t'ai aimé avec des souvenirs qui me brisaient le cœur constamment, je t'ai aimé en bataillant contre le monde tout entier, contre moi-même, et en faisant la guerre au passé. Je t'ai aimé lorsque tu es parti, quand tu es revenu, je t'ai aimé toute seule et à ta place, je t'ai aimé pour deux. Je t'ai aimé comme une évidence, de tout mon cœur et de toute mon âme. Je t'ai aimé simplement, aussi, d'un amour pur et fragile, je t'ai aimé avec douceur, en t'offrant paix et tendresse. Je t'ai aimé sans aucune limite, avec fougue, avec excès, je t'ai aimé avec assurance, et parfois sans rien contrôler. Je t'ai aimé, beaucoup, passionnément, à la folie, je t'ai aimé de loin et de trop près. Je ne t'ai pas aimé de la meilleure des manières, ce n'était pas toujours beau et c'était loin d'être un amour parfait, mais j'ai aimé cet amour plus que tout

notre amour n'était pas parfait,
il a été maladroit et destructeur,
*mais je l'ai aimé*

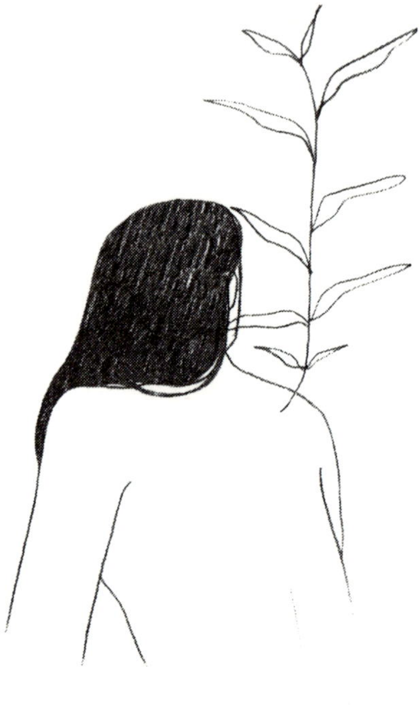

j'ai compris qu'on ne pouvait m'offrir ni la lune, ni les étoiles, et que c'était sûrement mieux comme ça, qu'elles appartenaient toutes au ciel et que personne ne les méritait. J'ai compris que ce n'était pas l'amour qui m'avait anéantie, mais tout le reste : ce que tu disais ou taisais, ce que tu m'avais volé, la distance entre nous, l'absence que tu m'imposais, tout ce que je ressentais. J'ai compris que partir était parfois plus compliqué que de rester, lorsque j'ai dû te laisser

c'est douloureux d'apprendre à laisser partir
les personnes que l'on aime

Ton prénom traverse toujours mon esprit, mais il ne me brûle plus le cœur de la même manière. Penser à toi ne me fait plus aussi mal qu'avant, mais je ne t'oublie pas pour autant, même si parfois, j'aimerais. Oui, j'aimerais oublier quelques secondes ton existence Il m'arrive de penser que tout serait plus simple et moins douloureux si je n'avais jamais croisé ta route, mais peut-être que je ne serais jamais tombée amoureuse non plus. Je crois que je ne regretterai jamais de t'avoir aimé même si cela signifie avoir souffert *ton prénom est une tornade que j'ai aimé rencontrer*

j'ai appris que vivre était différent d'exister. J'ai appris qu'il fallait apprendre à parler de sa douleur plutôt que de s'y noyer, et qu'il était inutile d'en vouloir au monde entier. J'ai appris qu'affronter nos plus grandes peurs nous rendait plus forts, que pleurer ne signifiait pas être faible, mais seulement humain, que les larmes aidaient le cœur à parler lorsque les mots ne le pouvaient plus. J'ai appris qu'on n'était pas obligé de crier pour se faire entendre, de parler pour être compris et qu'écrire suffisait parfois à apaiser des maux que le temps n'effaçait pas. J'ai appris que malgré les tempêtes on devait toujours continuer d'avancer et de vivre

parce qu'avec ou sans toi,
*la vie continuait*

j'ai eu peur du temps qui passe, et pourtant c'était le seul à pouvoir m'aider. J'ai eu besoin de temps pour accepter que mon cœur continue de battre et que le monde continue de tourner. J'ai eu besoin de temps pour arrêter de te chercher dans le regard des autres. J'ai eu besoin de temps pour comprendre que rien ne s'efface tout à fait et qu'il y a des cicatrices que l'on garde au creux du cœur et sous la peau. Je l'ignorais, mais un jour on arrête d'avoir mal, de se lever avec l'envie de se recoucher, on arrête de s'endormir en fermant les yeux et en souhaitant ne plus les ouvrir. Un jour on arrête de pleurer, de sentir son cœur louper des battements. Un jour on arrête d'avoir peur, on cesse de lutter contre soi-même, d'essayer de reconstruire un monde qui n'existe plus. Un jour on arrête d'essayer de guérir, d'oublier, d'avancer. Parce qu'un jour on se lève et le soleil brille au lieu de brûler. Un jour on se sent bien, un jour on se sent mieux

le temps n'a pas effacé mes blessures,
*mais il m'a appris à les aimer*

*lettre à moi-même,*

j'aurais aimé te serrer dans mes bras et te dire que ça irait, que la douleur finirait par s'en aller, et que l'amour qui te faisait tant souffrir partirait de la même manière. J'aurais aimé te dire que ce n'était pas la fin du monde, même si ça y ressemblait, et que la Terre ne s'était jamais arrêtée de tourner, contrairement à ce que tu pensais. J'aurais aimé te dire plus tôt que ton premier amour ne serait pas le dernier, ni le plus beau, qu'il ne fallait pas toujours claquer les portes et encore moins fermer tes yeux. J'aurais aimé te faire comprendre que l'amour te tomberait encore dessus, et que tu serais prête à l'accueillir, à te plonger dans un autre regard et à être heureuse dans de nouveaux bras. J'aurais aimé te faire comprendre que tomber n'était pas aussi grave que tu le pensais et que tu arriverais toujours à te relever. J'aurais aimé te dire que si se battre n'est jamais facile, ça en vaut toujours la peine. J'aurais aimé t'assurer que le temps serait le meilleur des remèdes même si tu aurais refusé de le croire, qu'il guérirait tes plaies, une à une, mais qu'il fallait que tu le laisses faire. J'aurais voulu te dire que l'amour serait ta plus grande faiblesse mais aussi ta plus belle force, qu'il te détruirait au point de te perdre, mais qu'il te ferait sentir vivante, capable de tout réaliser. J'aurais aimé te faire regarder les étoiles et te dire qu'elles ne cesseraient jamais de briller ni dans le ciel ni dans tes yeux, te dire que l'univers est composé de merveilles et que le monde est beau

que ce n'était pas la fin du monde,
*même si ça y ressemblait*

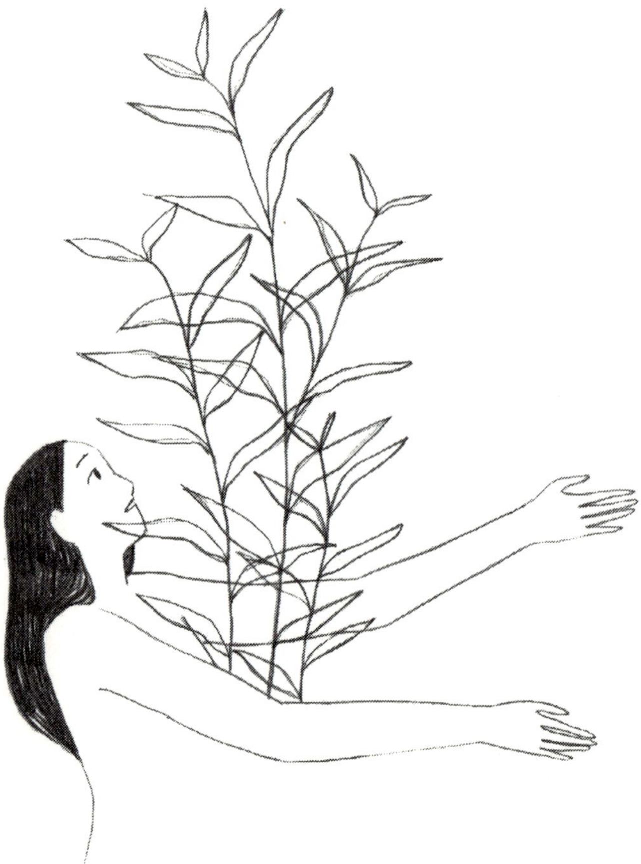

# D'AUTRES AMOURS

*à ceux qui m'ont fait comprendre que l'amour*
*ce n'était pas forcément tomber amoureux*

on a affronté des batailles ensemble, et on en a perdu certaines. On a passé des nuits plus sombres que blanches à s'écouter, à s'effondrer. On a beaucoup pleuré ensemble, lorsqu'on était perdues, qu'on ne savait plus où aller. On a écrit une belle histoire toutes les deux, on a ri, on a crié, on a aussi aimé, mais surtout, on a vécu. Je n'ai jamais su comment te remercier, et même si c'est trop tard, que tu ne trouveras jamais cette lettre et que ces mots se perdront dans le temps, merci d'avoir apaisé ma douleur, mes doutes, ma peur. Merci d'avoir été là et de m'avoir tendu ta main, tes bras, surtout lorsque personne d'autre ne le faisait. Je te remercie d'être restée, et d'avoir traversé ma vie

il n'est pas le seul à avoir marqué ma vie,
*tu m'as bouleversée*

je crois que je n'ai jamais su te dire à quel point ta présence m'a permis de sortir la tête de l'eau quand j'avais décidé de me noyer. Je n'avais plus la force de nager dans cet océan de tristesse mais tu es arrivée, tu m'as tendu la main, et tu m'as dit d'y croire encore, d'y croire plus fort. Tu m'as aidée à lever la tête vers le ciel, tu m'as appris à voler et à atterrir en douceur. Tu as été l'espoir qu'on n'attend plus et qui nous donne la force de nous relever. Grâce à toi, j'aurais été capable de décrocher la lune, toucher du doigt les étoiles, réaliser mes plus grands rêves, aimer encore une fois. Merci d'avoir été là, merci d'avoir été toi tu m’as appris à aimer ceux qui restent

je ne sais comment te remercier pour la douceur de tes mots et la tendresse de ta présence, qui, durant plusieurs années, n'a cessé d'avoir son importance dans ma vie. Tu m'as appris à ouvrir les yeux sur le monde, sur les autres, et sur tout ce qui m'entoure. Au fil des jours, des semaines et des mois, tu as su devenir un soutien qui ne m'a jamais lâché la main, dans les pires comme dans les bons moments. Merci d'être à ma vie ce qu'est la lune au ciel *tu mérites de t'aimer autant que tu aimes les autres*

tu m'as appris à tenir debout même quand le monde s'effondrait sous mes pieds. Tu m'as appris à pleurer sans avoir honte, sans avoir peur. Tu m'as appris à aimer les choses les plus simples, les plus douces. Tu m'as appris à rire sans m'arrêter, à sourire beaucoup trop souvent. Tu m'as appris que la vie méritait toutes les chances possibles afin d'apprendre à l'aimer et à lui pardonner de ne pas être parfaite. Tu m'as appris que les chemins les plus difficiles étaient souvent les plus beaux, et qu'ils méritaient d'être découverts

les plus belles étoiles brillent sur terre,
*merci de briller dans ma vie*

merci d'être entrée dans ma vie et de m'avoir tendu la main lorsque personne ne le faisait. Merci de m'avoir prouvé que l'amitié existait et que j'avais la chance d'avoir une amie sur qui compter. Merci de réaliser certains de mes rêves à mes côtés et d'être fière de moi, même lorsque je ne le suis pas. Merci pour tous ces sourires, pour tout ce que l'on partage et ce que l'on imagine ensemble, ça me rend heureuse. Merci d'être celle que tu es et de le rester

l'amitié n'était rien pour moi,
jusqu'à ce que je croise ton chemin

merci de m'avoir donné la force de me battre et de ne pas laisser le monde m'écraser. Merci de m'avoir poussée à crier quand ça n'allait pas, merci de m'avoir comprise, de m'avoir écoutée, d'avoir éteint la colère et le mépris, d'avoir chassé l'amertume qui brisait mon cœur. Je n'ai jamais osé te dire que tu étais importante à mes yeux, alors je te l'ai montré, peut-être maladroitement, mais à ma manière. J'espère que tu ne laisseras plus personne te faire croire que tu n'en vaux pas la peine

j'étais en colère contre le monde
entier avant de te rencontrer

un jour, on ira sous la pluie ensemble, on dansera en se moquant de ceux qui nous ont fait du mal et qui, sans le savoir, nous ont rendues plus fortes. Un jour, on ira observer le soleil se coucher, parsemant le ciel de mille et une teintes qui donneront de la couleur à nos vies. Un jour, on ira regarder les étoiles toutes les deux, pour se rappeler que l'on brille nous aussi, à notre manière, et qu'on ne doit jamais arrêter de le faire. Un jour, on ira crier que le monde entier n'est rien face à ceux qui nous tiennent la main. Un jour, on ira souffler des centaines de bougies et on ira ensuite exaucer nous-mêmes tous les vœux

dès l'instant où tu as croisé mon chemin,
*j'ai su que je ne marcherais plus jamais seule*

merci de m'avoir montré que le soleil était aussi une étoile et que j'avais le droit de l'aimer. Merci de briller dans mon ciel, dans ma vie, et d'être cet espoir que je garde au-dessus de la tête et aussi au creux du cœur. Merci de partager mes maux, mes secrets, tout ce qui va mais aussi tout ce qui ne va pas. Merci d'apaiser certaines blessures que le temps ne guérit pas, et de me prouver que la solitude n'est parfois pas la meilleure des solutions

merci de pleurer à ma place
lorsque je n'ai plus la force de le faire toute seule

l'amitié n'a jamais vraiment eu sa place dans ma vie avant que je rencontre des personnes qui m'ont appris que c'était une autre forme d'amour, parfois plus doux, souvent plus compliqué. Je suis heureuse d'avoir pleuré sur les épaules et dans les bras de mes amis, qui m'ont appris à aimer d'une différente manière, sans que cela ne me brise le cœur. *J'ai accepté d'ouvrir mon monde.* Et je suis fière d'avoir marché à leurs côtés. Si jamais nos chemins se séparent un jour, j'aurai été heureuse d'avoir fait partie de votre vie au moins quelque temps

merci de m'avoir aimée
lorsque je n'étais plus capable de le faire

# AU REVOIR

*une dernière lettre avant d'avancer*

*à mon premier amour,*

qui m'a ouvert un peu trop grand et beaucoup trop fort le cœur, mais qui m'a surtout permis d'en sortir quelque chose de beau, de touchant, de percutant pour moi et pour les autres. Merci d'avoir été ma plus belle et ma plus douloureuse blessure, celle qui restera toujours ouverte mais qui me permettra de faire ce pour quoi je suis la plus douée : poser des mots sur ce que je ressens. Je te remercie d'être l'inspiration qui me manquait pour accomplir quelque chose de joli dans la vie, quelque chose qui bouleverse les cœurs, quelque chose qui reste et qui grandit à mes côtés. Merci de m'avoir laissée prendre soin de ton cœur quelque temps, et merci de m'avoir aimée. Merci de m'avoir fait découvrir ce que c'était l'amour, de A à Z, du bonheur à la tristesse, l'amour fou et celui qui brise un cœur. Tu m'as appris à aimer une personne et ses défauts, tu m'as appris à avoir tort et à pardonner. Tu m'as appris à ne pas être rancunière et à laisser certains souvenirs dans le passé. Tu m'as appris à être plus forte mais aussi beaucoup plus fragile. Tu m'as appris à être heureuse, à tenir la main de quelqu'un et à accepter qu'il puisse nous faire sourire. Tu m'as appris tellement de belles choses mais tu m'as aussi fait vivre les pires. À cause de toi, j'ai connu la souffrance, la perte, l'abandon, la nostalgie et l'absence. Je ne sais pas si je dois te détester de m'avoir fait ressentir tellement avant de m'en priver si soudainement. Je ne sais pas si je dois te remercier de m'avoir permis de vivre ou te détester d'avoir eu l'impression de mourir.

Notre histoire restera la première, la plus destructrice, oui, celle qui aura traversé les plus dévastatrices des tempêtes, mais surtout celle qui me donnera toujours l'envie d'aimer encore une fois. Tu sais, si je pouvais nous écrire de nouveau, effacer des erreurs et revivre nos souvenirs, je ne ferais rien du tout. Je laisserais tel quel ce que l'on a vécu, parce que les plus belles choses ont une fin, et que notre histoire restera la plus belle pour moi. Je ne sais pas si tu liras un jour ces mots, s'il advient que ce soit le cas, n'oublie pas que, si un premier amour n'est jamais le dernier, tu auras toujours cette place spéciale dans mon cœur

*je suis heureuse de t'avoir aimé*

Ce livre existe grâce au travail de toute une équipe.

*Communication* : Caroline Babulle, Sandrine Perrier-Replein, Typhaine Maison, Adélaïde Yvert.

*Coordination éditoriale et administrative* : Céline Poiteaux, Martine Rivierre.

*Studio* : Pascaline Bressan, Barbara Cassouto-Lhenry, Joël Renaudat.

*Fabrication* : Muriel Le Ménez, Céline Ducournau, Bernadette Cristini, Sophia Paroussoglou, Phousa Chantharath, Isabelle Goulhot.

*Correction* : Emmanuelle Coppeaux, Valérie Gautheron.

*Commercial, relation libraires et marketing* : Laetitia Beauvillain, Élise Iwasinta, Morgane Rissel, Perrine Therond, Aurélie Scart.

*Cessions de droits* : Isabelle Votier, Benita Edzard, Lucile Besse, Sonia Guerreiro.

*Gestion* : Sophie Veisseyre, Chloé Hocquet, Isabelle Déxès, Camille Douin.

*Service auteurs* : Viviane Ouadenni, Jean-François Rechtman, Catherine Reimbold.

*Ressources humaines* : Mylène Bourreau.

*Juridique* : Juliane Charbois, Laëtitia Doré, Anaïs Rebouh, Valérie Robe, Julia Crosnier.

*Diffusion* : Aurélia Spalacci, Nadine Eugénie, Céline Pitt, Arnaud Weill, Hervé Adamczyk, Annie Bourgade, Éric Charpentier, Gilles Couillard, Sandrine Ducrocq, Élisabeth Ehlinger, Guillaume Loras, Jean-Philippe Pilloux, Philippe Maulnier, Gilles Torché, Élisabeth Gastaldo, Jean-Pierre Stephany (Belgique), Olivier Béguin (Suisse), Emmanuelle Cadot, Virginie Godet et Caroline Pan.

*Avec le soutien des équipes d'Interforum et d'Editis qui participent à la création, la diffusion et la distribution de ce livre.*

Canoros Vehit Canentes

Composition et mise en pages
Nord Compo à Villeneuve-d'Ascq

MIXTE
Papier issu de
sources responsables
FSC® C003309

L'éditeur de cet ouvrage s'engage dans une démarche
de certification FSC® qui contribue à la préservation
des forêts pour les générations futures.

Pour en savoir plus :
www.editis.com/engagement-rse/

Achevé d'imprimer en février 2022
par Normandie Roto Impression s.a.s.
61250 Lonrai (Orne)
Dépôt légal : février 2022
N° d'édition : 63368/01 – N° d'impression : 2200199

Imprimé en France